MES PREMIÈRES

INSPIRATIONS,

Chants Poétiques et Religieux,

PAR

ALEXANDRE LEPETIT,

Soldat au 71e de Ligne.

> ...Le voyageur qui dans son court passage
> Se repose un moment à l'abri du vallon
> Sur l'arbre hospitalier dont il goûta l'ombrage,
> Avant que de partir aime à graver son nom.
>
> *Alphonse de Lamartine.*

CAMBRAI,

Typographie de P. LEVEQUE, Place-au-Bois.

—

1843.

MES PREMIÈRES INSPIRATIONS.

MES PREMIÈRES

INSPIRATIONS,

Chants Poétiques et Religieux,

par

Alexandre LEPETIT,

Soldat au 71ᵉ de Ligne.

... Le voyageur qui dans son court passage
Se repose un moment à l'abri du vallon
Sur l'arbre hospitalier dont il goûta l'ombrage ,
Avant que de partir aime à graver son nom.

Alphonse de Lamartine.

CAMBRAI,

Typographie de P. LEVÊQUE, Place-au-Bois.

1843.

En offrant ce petit recueil de vers au public,
je n'ai point eu la ridicule prétention de croire
lui être agréable, mais seulement de prouver aux
quelques personnes qui ont bien voulu souscrire
à mes premiers essais, que leurs généreux encou-
ragements ne m'ont pas été positivement inutiles,
que jeune, mes faibles ailes peuvent grandir et
atteindre plus tard un but si non, plus honorable,
au moins plus élevé, celui de mériter l'estime d'un
public éclairé qui n'aurait pas à rougir des pro-
ductions d'un jeune soldat.

I.

AUX DEMOISELLES D'AIRE,

A l'occasion de la Fête-Dieu.

Ce n'était point une fête bruyante

Comme les fêtes de Paris,

Et cependant une pompe entraînante

Sut émouvoir mon cœur surpris :

J'aime, quand je descends de ma brûlante sphère,

Trouver pour reposer mes yeux

Des anges sur la terre

Aussi purs, aussi beaux, qu'on les suppose aux cieux.

Et vous qui m'inspirez ces vers que je vous dois,

Au chant du passager si vous daignez sourire,

Plus tard à vos chastes voix

Vous le verrez mêler les accords de sa lyre.

Aire, 1843.

II.

RÉFLEXION.

Non, ne m'approches plus, fantôme éblouissant,

Qui naguère trompas ma crédule pensée,

Tu n'es plus à mes yeux qu'un objet effrayant,

Un rêve qui flattait ma raison insensée !

Sur un char triomphal j'ai vu l'homme orgueilleux

Ivre des vains plaisirs que procure la terre

Jeter sur l'indigent un regard dédaigneux ;

J'ai vu son œil altier insulter au tonnerre !..

Insensé que j'étais ! oubliant ma grandeur

Devant son char pompeux j'allais courber la téte,

Mais maintenant son or ne tente plus mon cœur

Et je reste muet attendant la tempéte !..

Paris, 1830.

III.

LA FATALITÉ.

L'impitoyable sort rit des projets des hommes ,
Et le glaive à la main nous fait ce que nous sommes.

(Un jeune Poéte).

Il est des jours hélas ! où le sort furieux

Vers l'abîme des maux à grands pas nous entraîne ;

En vain de la vertu les efforts généreux

Luttent pour désarmer les rigueurs de sa haine.

    Le glaive étincelant

    Que sa main courroucée

    Brandit insolemment

    Dans sa rage insensée ,

    Glace l'ame d'effroi ,

Et la sombre tristesse

La soumet à sa loi

Lui prêtant sa faiblesse.

Alors le front courbé, défaillant, abattu,

L'homme doute de tout, même de la vertu.

Et l'espérance, qui naguère

Savait si bien charmer son cœur,

N'est plus qu'une ombre passagère,

Une illusion mensongère,

Un beau songe au réveil trompeur;

Il n'ose plus espérer en la vie,

Quelquefois, pourtant, vers le ciel

S'il lève sa vue affaiblie,

Il sent s'évaporer le fiel

De sa noire mélancolie.

Il comprend qu'il n'est pas fait pour les biens d'en-bas,

Que la terre qu'il foule et sème de ses pas

Est l'étroite route tracée

Par son auguste créateur.

Le seul sentier qui mène au céleste Elisée

But suprême vers qui doivent avec ardeur

Tendre l'élan pieux de la libre pensée

Et le flux vaporant des longs désirs du cœur.

. . . .

. . . .

Malheureux est cent fois l'homme dans sa souffrance

Quand il n'a plus à l'ame un rayon d'espérance

Quand son œil n'a pu voir scintiller dans les cieux

L'auréole promise aux mortels vertueux.

Car dans ses longs jours d'agonie,

S'il n'a pas à son bras le bouclier divin

Pour repousser les coups de son mauvais génie,

Il tombera victime au milieu du chemin ! ! !

. . . .

Aire, 1843.

IV.

A MONSIEUR H. M***.

O qu'il est grand l'artiste alors que soucieuse
Sa tête lentement se panche sur sa main ;
Que son regard de feu se promène incertain
Sur le tableau parlant de son ame rêveuse.

Car alors il médite en son génie ardent
D'un chef-d'œuvre immortel l'invention sublime
De sa vaste pensée, impénétrable abîme,
Il déroule à nos yeux le prestige imposant.

Faire parler des morts l'éloquente poussière,

Peindre de la vertu l'éclatante blancheur,

Du crime au front livide étaler la laideur,

Donner des sens, une ame, à la nature entière.

Voilà ta noble tâche, artiste, tu le vois,

De tous les dons divins que Dieu mit dans notre ame,

Celui qui fait vibrer la plus brûlante flamme,

C'est celui qui t'échauffe et t'inspire à la fois.

Aire, 1843.

V.

LE SIÉGE DE LILLE. *

...... Ils ne savaient pas
Qu'au moment du danger les Français sont tous f

I.

Où vont ces flots épars de citoyens armés ?

Où courent ces soldats de courroux enflammés ?

* Cette pièce a été envoyée au concours de Lille, et l'aute
reçu à cette occasion, la lettre suivante :

« *Monsieur*,

» *J'ai lu avec le plus vif intérêt la pièce de vers sur la défense de
en 1792, que vous m'avez adressée. Je me suis empressé de la transmettre
Société royale des sciences de l'agriculture et des arts ; mais j'éprouve le r
de vous annoncer que cette pièce m'est parvenue trop tard pour être admis
concours qui a été jugé depuis déjà quelque temps.*

» *Recevez, etc.*

» *Le Maire de Lille,*
» *Signé* BIGO. »

Hélas ! d'où partent donc ces bruits épouvantables

Qui causent ce tumulte et ces cris effroyables ?

C'est l'étranger ! !

C'est l'Autrichien honteux de ses longues défaites ,

Qui vient nous disputer le fruit de nos conquêtes ;

C'est un lâche ennemi qui craint de s'en venger...   ,

Ce sont de vils captifs que la France guerrière

A son char de victoire enchaîna bien long-temps.

Lillois ! c'est une troupe aveugle et téméraire

Qui vient chercher la mort sous vos glaives sanglants.

Point de grâce ! !

Qu'on lui fasse expier son insolente audace.

II.

Alarme citoyens ! que le tocsin résonne !

Alarme ! l'ennemi, de près, vous environne !

Alarme ! fiers guerriers, volez sur les remparts ,

Faites, partout, flotter vos nombreux étendarts.

Alarme ! enfants, vieillards, et vous femmes timides,

Affrontez les dangers, montrez-vous intrépides;

Que l'Autrichien saisi d'une juste terreur,

Chante en fuyant, Lillois, votre noble valeur.

C'est à vous d'étonner par vos faits incroyables,

Les siècles innombrables

Qui debout, dans la nuit des temps,

Sont prêts à contempler votre brûlant courage.

C'est votre liberté, vos femmes, vos enfants,

C'est le pays, c'est vous, qu'aujourd'hui l'on outrage.

Aux armes ! Vengez-vous d'un ennemi pervers !

Ses échos rediront sa honte à l'univers !

Montrez, que vous aussi, vous savez vous défendre,

Que vous aimez plutôt mourir que de vous rendre.

III.

A peine de Teschen les ordres sont donnés,

A peine le boulet dans les airs enflammés,

Avec fureur gronde et s'élance,

Que déjà les Lillois venus de toutes parts,

Se pressent en tumulte aux faîtes des remparts ;

Rien ne peut maîtriser leur ardente vengeance,

Une arme est dans leurs mains un trop faible instrument.

Qui d'eux en ce cruel moment,

N'a pas cent fois bravé la mort pour sa patrie !

Qui d'eux avec bonheur n'eût pas donné sa vie !

Ce n'était plus, mon Dieu ! ce peuple désuni,

Qui naguère, sur lui, tournait toute sa haine,

C'était un fier lion dépouillé de sa chaîne,

Qui, d'un regard de feu, dévorait l'ennemi.

L'Autrichien reculait, l'ame d'effroi glacée.

Il reculait... Pourquoi dans sa rage insensée,

Avait-il entrepris de lutter avec nous ?.

Il connaissait pourtant tout le poids de nos coups !

C'est qu'il voyait le feu de la discorde en France,

C'est qu'il croyait tromper l'active vigilance

De nos invincibles soldats ;

Enfin , c'est qu'il ne savait pas

Qu'au moment du danger les Français sont tous frères.

IV.

Glorieux Dumouriez , modère ton ardeur ,

Tu ne trouveras point ce que veut ta valeur ,

Couvert de honte , Albert fuit loin de nos frontières ;

Les Lillois ont poussé le dernier cri vainqueur.

Ainsi tu ne verras malgré ta noble attente ,

Que des chemins de sang et d'hommes morts semés.

Restes infortunés

D'un ennemi qui fuit chassé par l'épouvante.

Aire, 1842.

VI.

A UNE BELLE PRÉSOMPTUEUSE.

. . . .
Joseph la contemplait pénétré de respect ,
Et préférait alors à sa grâce perfide
Son maintien a la fois imposant et timide
***

ous êtes adorable, et cependant, ma reine ,

de votre personne on vous savait moins vaine ,

moins étudié votre amoureux regard

ur vos adorateurs tombait avec moins d'art ,

Si votre front d'ivoire où tant d'espoir se joue,

Au brillant incarnat qui dore votre joue

Empruntait plus souvent cette aimable rougeur

Qui contrefait si bien l'attrait de la pudeur ;

Belle avec moins d'efforts nouvelle Madelaine

Vous auriez des Joseph avec bien moins de peine.

Aire, 1843.

VII.

UN PIEUX SOUVENIR.

O reviens, je t'en prie, ange mystérieux !

Reviens comme autrefois sous cette voute antique,

Répandre le parfum de ton amour pieux

De ta candeur mélancolique.

2

Elle était à genoux sur le marbre du chœur,

Un long voile embrassait sa forme gracieuse,

Ses yeux étaient remplis d'une douce langueur,

D'une flamme religieuse.

Oh ! qui ne l'eût aimée en sa virginité !

Sur sa tête brillait une auréole sainte,

Ses traits refléchissaient la suave clarté

Dont sa belle ame était empreinte.

En vain mon œil troublé croit la voir à l'autel ;

En vain mon esprit rêve à sa céleste image ;

Tout me dit : elle a pris son vol vers l'éternel,

But de son terrestre voyage !..

Aire, 1843.

VIII.

A MON AMI L. SCHINDLER.

Ils ont dit , ces cœurs durs que l'égoïsme presse ·
 « Qu'est-ce qu'un poète ici-bas ?
» Un rêveur orgueilleux qui chante la mollesse ,
  » Un esclave que la paresse
  » Enchaine et retient dans ses bras ! »

O nains , au cerveau creux, fiers de votre ignorance ,
  Non , vous n'avez jamais compris
Ce qu'il faut éprouver de sublime souffrance
  Pour n'obtenir que vos mépris ;
Non , vous n'avez point vu dans ses veilles ardues
Le poète agiter ses ailes étendues ;
Vous ne l'avez point vu quand son ame rêvait
Dans le calme des nuits , plein d'une fièvre ardente ,
Pour méditer les chants que son délire enfante ,
Repousser le sommeil de son humble chevet ,
Attachés sur le sol où rampe votre vie ;
Vous n'avez point connu le rapide sentier ,
Que dans son noble élan doit franchir le génie
  Pour ne point mourir tout entier.

T. Lebreton.

I.

Ce désir éternel d'arriver à la gloire,

D'atteindre le sommet du temple de mémoire,

Est-il, ami, le fruit d'un délire insensé,

Le rêve d'un esprit sottement abusé?..

Combien d'hommes trompés par ce brillant mirage,

Ont de ce mont lointain entrepris le voyage.

Combien aussi, manquant de courage et d'ardeur,

Se sont épouvantés au souffle du malheur.

Enfants! ils avaient cru dans leur jeune pensée,

Arriver au bonheur par la route opposée;

Ils ignoraient qu'aux pieds de ce mont lumineux,

Sont d'horribles serpents reptiles vénimeux,

Qui, jaloux des succès d'une muse naissante,

Lui lancent tous les traits de leur haine sanglante,

Et que, pour échapper à leur sourde fureur,

Il faut franchir le mont de toute sa hauteur ;

Ou bien, humiliant son essor poétique,

Ramper comme eux au pied du céleste portique :

Orgueilleux de laisser aux siècles à venir,

Un nom que l'enfer seul aurait dû retenir.

Le dirai-je ? On a vu la coupable ignorance,

Acheter à prix d'or ainsi que la puissance,

Et la gloire et l'esprit d'un talent malheureux,

Dont le tort trop souvent fût d'être vertueux.

II.

Ami, rappelle-toi ces moments d'allégresse,

Où, tous les deux plongés dans une même ivresse,

Fuyant le bruit confus de la ville aux cent voix,

Rêveurs, nous méditions égarés dans les bois,

Où, j'osais, le cœur plein d'un généreux courage,

De nos malheurs futurs te présenter l'image.

Cet horrible tableau qu'on n'ose envisager,

Loin de t'abattre, ami, parut t'encourager.

Moi-même, je sentis dans mon ame souffrante,

Nattre les doux rayons d'une gloire enivrante.

Comme toi, je voyais dans mes rêves trompeurs,

Le chemin de nos jours tout parsemé de fleurs.

Tu sais, comme ma joie était vive et sincère,

Alors qu'ensemble unis je t'appelais mon frère;

Le cœur ému souvent, et les larmes aux yeux,

Nous jetions au hasard nos regards vers les cieux :

« Contemple, disais-tu, d'une voix solennelle,

» Les chefs-d'œuvre brillants de la main éternelle,

» Lever le voile épais de ce tableau lointain;

» Lis d'un œil attentif dans ce livre divin,

» Car le poète seul peut y plonger sa vue,

» Pour lui rien n'est caché dans l'immense étendue.

» Le poète ressemble à l'aigle audacieux,

» Il plane avec orgueil au vaste sein des cieux;

» Comme lui du soleil sans baisser la paupière ,

» Son œil peut contempler l'éclatante lumière.

» Radieux messager de l'arbitre éternel ,

» Il prodigue aux humains tous les trésors du ciel ;

» Sur son front rehaussé d'une triple couronne ,

» Brille le doux éclat que la vertu lui donne ;

» Vengeur des nations , fils de la liberté ,

» Son bras divin punit l'aveugle autorité. »

※

De ces nobles pensées , la généreuse flamme

Faisait vibrer l'espoir dans le fond de mon ame ;

Epris de tes transports dans mes joyeuses mains ,

Mon luth retentissait de cantiques divins ;

Je nageais dans les flots d'une douce ambroisie ;

Je savourais le lait pur de la poésie ;

Mais l'aigle qui parcourt les hautes régions ,

Descend aussi parfois dans les humbles vallons ;

Et moi, j'ai séjourné sur la terre du crime,

J'ai suspendu mon aire aux flancs du noir abîme.

III.

Maintenant que tes yeux ont perdu leur bandeau,

Que le pâle malheur, armé de son flambeau,

Te conduit à travers les chances de la vie,

Te livre, enfant craintif, aux fureurs de l'envie,

Blame-moi d'avoir su pénétrer nos destins,

D'avoir avant le temps, su juger les humains !..

Lance-toi dans les bras de la douce espérance,

Rêve encore au bonheur qu'attendait ton enfance !..

Tu le vois aujourd'hui, tout trompe nos désirs,

Tout est mensonge ; il n'est ni gloire ni plaisirs

Pour celui qui se voue au salut de ses frères,

Pour celui qui n'a point deux voix ni deux bannières,

Qui, suivant des vertus le chemin épineux,

N'a point vendu ses chants aux crimes des heureux,

Qui, fier de sa grandeur, libre de son génie,

N'a jamais ravalé sa sublime harmonie.

Ami, laissons au monde avide de plaisirs,

Tout ce qui peut charmer ses frivoles désirs;

Laissons-lui ces honneurs et ses biens périssables,

Là haut sont les biens sûrs les seuls trésors durables;

Ouvriers de la gloire et martyrs à la fois,

Il nous faut travailler en portant notre croix,

Et la mort que chacun saisi d'un trouble extrême,

Regarde avec frayeur à son moment suprême,

2*

Courbera devant nous un front respectueux,

Nous conduira vivant au séjour glorieux ! ! !

Saint—Omer, **1842**.

REGRETS D'ABSENCE

Tout est triste dans la nature :

La rose a perdu sa fraîcheur,

La terre n'a plus de verdure,

La violette plus d'odeur ;

Dans les bois il n'est plus d'ombrage,

Tendres oiseaux ne chantent plus,

Dans mes yeux est sombre nuage,

Dans mon cœur regrets superflus ;

Séparé de celle que j'aime,

Ainsi s'écouleront mes jours ;

Hélas ! c'est un tourment extrême

De vivre loin de ses amours :

Oui vainement, dans cette vie,

On pense trouver le bonheur,

Il n'est qu'au sein de son amie,

Loin d'elle n'est que la douleur !...

Saint—Omer, 1841.

X.

DIX MINUTES

Devant les ruines Saint-Bertin.

Restes de Saint-Bertin , majestueuse tour ,

Dresse-toi comme un spectre au sein d'une nuit sombre !

Dresse-toi ! que ton ombre

Inspire de la crainte aux vandales du jour !

Dresse-toi ! car le temps devant qui tout s'incline

Respecte ta noble ruine.

Dresse-toi ! car l'artiste à tes pieds prosterné,

En toi vient regretter un temple profané.

❈

Les fidèles jadis au sein du sanctuaire,

Venaient chanter à Dieu l'hymne de la prière ;

Il me semble les voir dans cet endroit du chœur :

Là c'était une vierge aux formes attrayantes,

Qui tous les soirs, à la faible lueur

De quelques clartés vacillantes,

Méditait la loi du Seigneur.

C'est ici que pleurant sur sa vie insensée,

L'homme mondain venait vaincu par les remords

Réparer son erreur passée,

Humilier son front sous le poids de ses torts.

A ses côtés dociles, aux leçons de sa mère,

Un enfant à genoux, à Dieu disait bien bas,

Tout ce qu'on peut trouver de touchant ici-bas,

Tout ce qu'un ange dit quand il est en prière.

Dans ce coin s'élevait l'autel où chaque jour

Le saint prêtre immolant la victime éternelle,

Le Dieu qui dans l'excès de son divin amour

A voulu se vêtir de la robe mortelle.

Que n'inspirez-vous pas, gigantesque débris,

    Ruine imposante et sacrée

    De cette enceinte vénérée?

Que n'inspirez-vous pas au voyageur surpris?

Assemblage divin de merveilles antiques,

Combien vous étalez de grâces poétiques?

L'artiste qui sur vous a ses regards jetés,

Au fond de lui sent naître un charme irrésistible,

Un attachement invincible,

Pour vos admirables beautés.

Saint-Omer, 1843.

XI.

A MONSIEUR F. G***.

Toi qui de la vertu connais les douces lois,

Toi qui nourris ton cœur du pain de l'espérance,

Ami, si quelquefois,

Trompé par l'apparence,

Ton cœur noble oubliait ses poétiques vœux,

Si les transports brûlants qui font vibrer ton ame

Sous les glaces du temps refroidissaient leurs feux,

Sans qu'un remords secret le châtie ou le blâme,

Souviens-toi qu'un ami jaloux de ton bonheur,

Jusqu'au dernier soupir te resterait encore

Pour rallumer ta généreuse ardeur

Ou gémir en pensant aux jeux de ton aurore.

Rouen, **1829**.

XII.

LE DERNIER CHANT DE L'AME.

Seigneur , toi qui sais lire en notre conscience ,

Toi qui pèses sans rang dans la même balance

Le pauvre et l'heureux d'ici-bas ;

Toi qui punis le crime et donne à l'innocence

Le divin appui de ton bras ,

Daigne prêter l'oreille à mon humble prière

Et répandre sur moi les flots de ta lumière ,

Car je marche entouré des ombres de l'erreur ;

Envoie à mon secours ton ange tutélaire ,

Oh ! ne repousses pas le cri de ma douleur.

Que t'ai-je fait, mon Dieu ? dis-moi quel est mon crime

Dis-moi ce que t'a fait ta mourante victime ?

Pourquoi ta formidable main ,

Me retient-elle ainsi sur les bords de l'abîme ,

Prêt à me plonger dans son sein ?

Est-ce pour me montrer ce que peut ta puissance ?

Est-ce pour éprouver ma fragile constance ?..

Est—ce pour te jouer que tu me fais mourir ?

As-tu d'autres desseins ? En m'ôtant l'existence

As-tu pour but mon bien ou veux-tu me punir ?

Seigneur , quelle que soit ta volonté suprême,

Devrais-tu me lancer ton terrible anathême ?

Soumis à tes sévères lois,

J'immolerai la plainte à l'oubli de moi—même

Pour te bénir , ô roi des rois !

Mais non, tu ne veux pas, usant de la justice,

Me forger dans la tombe un éternel supplice,

Ni broyer d'un regard ton ouvrage, ô Seigneur !

La mort est l'instrument de ta bonté propice,

Le terme de nos maux et le but du bonheur !..

Aire, 1843.

XIII.

UN CHANT DE MORT.

— Millevoie. —

I.

Etendu jeune encor sur un lit de souffrances,

Consommé de langueur, enfant sans espérances,

Mon passé s'est enfui comme un spectre hideux,

Ne laissant après lui que souvenir affreux ;

Mon ardente jeunesse avant l'âge est flétrie,

Je meurs avant d'avoir fait un pas dans la vie !

Je meurs !.. Oh ! qu'il est dur de mourir à vingt a

De se voir enlever à sa lyre, à ses chants,

A l'âge où l'on commence à sentir dans son ame

Naître les feux lointains d'une céleste flamme.

Ciel ! je meurs de besoin et mourant malheureux,

Je sais que près de moi las de mets savoureux,

Le riche dort en paix , sans chagrin , sans tristesse,

Sur un lit de duvet offert à sa mollesse ;

Il dort ! il ne sait pas qu'accablé de douleurs ,

Un homme, son semblable, expire dans les pleurs.

Il dort !.. ne troublez pas fugitives chimères,

Fantômes de la nuit, images mensongéres,

Oh non ! ne troublez pas son paisible sommeil ,

L'ennui le saisirait au moment du réveil !..

Venez à moi plutôt, venez sombres images,

Mon délire est épris de vos attraits sauvages !

Venez, car j'ai besoin que l'on trompe mes yeux,

Que l'on me fasse voir le rayon lumineux,

Que naguères encor poursuivait ma jeunesse !

Venez , je veux noyer mon cœur dans la tristesse.

II.

Comme ils se sont enfuis ; ces rêves de bonheur ,

Où mon être plongé tout entier dans l'erreur ,

Guidé par un rayon d'espérance incertaine ,

Courait sans le savoir vers sa perte prochaine :

Quand on est jeune on rêve et ne réfléchit pas ,

Victime de l'espoir on s'attache à ses pas ;

Et l'espoir , ce fantôme idole de notre ame ,

Souffle et rallume en nous sa séduisante flamme ,

Jusqu'à ce que courbés sous le poids de nos maux ,

La mort sur notre tête ait suspendu sa faux.

Mais j'avais cependant quelque chose en moi-même

Qui me faisait aimer, comme mon bien suprême ,

Les objets qui n'ont fait que hâter mes malheurs,

Que m'entasser plus vîte au gouffre des douleurs...

Pardonne-moi, mon Dieu ! d'avoir voulu prétendre

A cueillir des lauriers que la mort met en cendre.

Hélas ! enfant du ciel, sur la terre égaré,

Aux biens d'en-haut j'ai préféré

Les biens passagers, périssables,

Que le monde à mes yeux étale incessamment,

Seigneur, à tes plaisirs durables,

J'ai préféré les plaisirs d'un moment !

Monde, n'espère plus m'enchaîner davantage

A tes injustes lois ;

J'ai trop long-temps porté les fers de l'esclavage,

Le fardeau de ta croix.

Choisis une autre victime

Qui sache supporter patiemment tes coups ;

Pour moi, qui suis penché sur les bords de l'abîme,

Je me ris de ton courroux.

Je me ris du pouvoir dont ta main criminelle,

A , pendant vingt printemps , sur ma tête mortelle ,

Fait peser tout le poids :

Car il est en moi-même une secrète voix

Qui me dit : « Ne crains rien , ton ame est immortelle. »

Aire, 1843.

XIV.

EN PENSANT A MON SORT.

O vous, qui de mon existence,

Tenez le fil entre vos mains ;

Tyrans dont l'aveugle puissance

Maîtrise, enchaîne mes destins,

Pardonnez-moi les douces larmes

Que me fait verser la douleur,

Car je n'ai que ces faibles armes

Pour repousser votre fureur.

Venez, jours de paix et d'ivresse,

Venez, plaisirs insidieux,

Venez dissiper ma tristesse,

Chasser mes chagrins ennuyeux ;

Parlez-moi souvent de ma mère,

Cela calmera ma douleur,

Me redira le temps prospère

Qui souriait tant à mon cœur.

Venez, jours purs que l'espérance

Me présageait dans l'avenir,

Venez, rêves de mon enfance,

Venez charmer mon souvenir ;

Et toi, cruelle renommée,

Qui devait chanter ma grandeur,

Va dire à la terre étonnée

Et ma souffrance et mon malheur.

Armé d'un glaive inévitable,

Le sort me poursuit à grands pas ;

Mais sa fureur épouvantable

M'étonne et ne m'alarme pas.

Jeté sur l'onde courroucée,

Je vogue au gré des vents fougueux ;

Un jour ma barque délaissée

Me conduira sous d'autres cieux.

Aire , 1843.

XV.

A Mme M.-DE L***.

Oh ! que tu savais bien que dans ce monde infâme
Le céleste rayon qui ceint un front de femme ,
Hélas ! n'attire point le respect et l'honneur ,
Et que pour nous la gloire est le seuil du bonheur.

Mme Cholet.

Faut-il avoir le front paré d'un diadême ,

Faut-il être couvert de la pourpre suprême ,

Faut-il être placé sur le trône des rois ,

Pour instruire le monde et lui donner des lois ! ! !

Oh non ! il faut avoir au ciel une couronne

Que nul pouvoir d'en-bas ne brise ni ne donne ;

Il faut être sacré par l'éternelle main ,

Il faut savoir parler le langage divin ,

Il faut être de Dieu le sublime interprète ,

Pour instruire le monde il faut être poète.

Vous qui portez si bien ce titre glorieux ,

Soyez fière des dons que vous ont fait les cieux.

Vous n'êtes point d'ici : sur ce globe , étrangère ,

Vous venez consoler les enfants de la terre ;

Vous venez leur prêcher la céleste douceur ;

Bon ange , vous venez leur porter le bonheur.

Courage , méprisez les dangers d'une vie

A laquelle trop tôt on vous verra ravie ;

Que peuvent contre vous les efforts des méchants ?

Leurs efforts sont comme eux , ils ne durent qu'un temps.

Le Très-haut a placé dans le fond de votre ame

Un rayon émané de sa divine flamme :

Il a mis , du talent , le sceptre dans vos mains :

Tout poète en ce monde a des droits souverains.

Il en est autrement du vulgaire des hommes :

Lui ne rêvant qu'aux biens de la terre où nous sommes

Il ne voit que plaisirs où nous voyons douleurs ;

Jamais son lourd regard ne s'est chargé de fleurs ;

Serait-il moins que nous aux souffrances en proie ?

Dans cette triste vie où peut être sa joie ?

Sa joie !.. il n'en a point ; eh ! peut-il en avoir ,

Puisqu'elle n'est, mon Dieu ! que le fruit de l'espoir ,

Et n'espérant jamais , jamais il ne doit vivre...

Son nom fut de tout temps effacé du grand livre.

C'est qu'étant de la terre il en sait les faveurs !..

C'est que , n'ayant jamais essuyé de malheurs ,

Son être tout entier s'est fait à la souffrance ,

C'est qu'il n'est point pour lui de seconde existence.

Aire , 1843.

XVI.

A Mlle F***.

Que n'avez-vous, ô belle Flore,

Des yeux pour lire dans mon cœur,

Hélas ! vous y verriez encore,

Le même amour, la même ardeur ;

Vous y verriez la douce flamme

Qu'un ange seul put allumer,

L'ardent désir qui vous réclame

Et l'éternel besoin d'aimer.

Aire, 1843.

XVII.

A UN POÈTE.

Si comme toi j'avais un ange qui m'inspire,

Si ma main plus habile à courir sur la lyre

Pouvait en moduler des chants harmonieux ;

Si je savais parler le langage des dieux ,

Poète , de mon art , j'aurais le saint délire.

※

Imitant le nocher qui vogue au gré des eaux ,

Je n'abaisserais point mes regards sur les flots

Sans rire des écueils semés sur mon passage ;

Je les éviterais pour atteindre la plage ,

Où retentit le chant des oisifs matelots.

※

Je sais qu'il est des jours où la mer courroucée ,

Sans qu'on puisse appaiser sa fureur insensée ,

Submerge , en un clin-d'œil , le vigilant rameur.

C'est !.. Mais tous n'ont pas ce terrible malheur ,

Tous ne périssent pas pour une traversée !

※

Le génie est un astre à l'horison des temps ;

Les nuages ont beau voiler ses feux ardents ,

Sa chaleur n'en est pas moins pure et moins brûlante ;

Celui qui voit percer sa clarté transparente ,

En ressent malgré soi les effets pénétrants.

Reprends ! reprends tes chants ; la nature, ô poète,

Parmi nous t'a choisi pour son chaste interprète ;

Peins-nous avec amour ses sublimes attraits,

Dévoiles à nos yeux ses merveilleux secrets,

L'avenir, dans ses mains, tient la couronne prête.

Aire, 1843.

XVIII.

DÉSESPOIR D'AMOUR.

Toi que j'aime sans espérance,

Beauté rayonnante d'attraits,

Modèle de candeur, de grâce et d'innocence,

Laisse-moi contempler ton visage de paix !

Laisse-moi m'enivrer !.. — Non, plutôt vierge pure,

Fais-le disparaître à mes yeux,

Ce magique miroir qui réfléchit les cieux :

Car l'amour est aveugle et sa rage est impure.

Mais, cependant mon cœur,

Esclave de tes charmes,

Gémit dans la douleur,

Le désespoir, les larmes.

Oh ! si le tien venait à s'attendrir un jour,

Et qu'un divin sourire inspiré par l'amour

Sur tes lèvres de rose,

Rayonnait un instant,

Si ta bouche mi-close

Me disait tendrement :

« Jeune homme, viens goûter le bonheur de la vie

« Dans les bras de ta Sylvie. »

Oh ! comme transporté !..

Dans une heureuse ivresse,

Je bénirais sans cesse,

Le jour qui te fit voir à mon cœur enchanté.

Mais, je me berce ici d'une espérance vaine,

L'amour, ce dieu capricieux,

Repousse mes transports et dédaigne mes feux,

Et le sort me condamne à pleurer sur ma chaîne !

Paris, 1829.

XIX.

PARIS.

O toi que j'invoquais en des jours plus heureux ,

Toi qui sus éblouir mon esprit et mes yeux ,

Toi que l'on me peignait sous des couleurs vermeilles ,

Ville tant renommée, où sont donc tes merveilles ?

Où sont tes jours si purs et ta suave paix ?

Paris, où sont les biens que tu me promettais ?

Pour qui tes temples de mémoire ?

Tes couronnes, tes autels ?

Sur quels fronts rayonne la gloire ?

Où sont les sages immortels,

Ces rois de l'humaine pensée,

Dont l'écho tant de fois m'a vanté la grandeur ! ! !

De ces soleils brillants, la lumière éclipsée,

N'est à mes yeux surpris, qu'une pâle lueur !

Je croyais qu'en quittant l'humble toit de mon père,

Le bonheur idéal que rêvait mes désirs

Allait dissiper ma misère,

M'ouvrir la porte des plaisirs.

Que de pensées alors s'allumaient dans ma tête !..

Imprudent nautonnier je voguais sur les eaux

Sans prévoir l'affreuse tempête

Qui devait soulever les flots !

Je croyais qu'à Paris, le talent malheureux,

Pouvait de ses labeurs goûter les fruits heureux :

Car j'avais écouté la voix de l'espérance,

Voix qui soutient le pauvre en ses jours de souffrance,

Voix douce, voix cruelle, impénétrable voix,

Combien, en me charmant, m'as-tu trompé de fois ?

  Toujours bercé par l'apparence,

  Sans jamais voir la vérité,

  J'ai traîné ma crédule enfance,

  Au bord du gouffre redouté.

  Paris, me disait-on naguère,

Renferme dans son sein d'illustres bienfaiteurs,

Qui, de l'humble talent, polissant la carrière,

Le mènent à grands pas au faîte des grandeurs.

Nouveau Gilbert, je quitte, et ma terre natale,

Et mon père accablé sous le fardeau des ans.

  Dieux ! quelle puissance fatale,

  Entravait mes premiers élans ! —

Soyez maudits, vous tous, qui trompant ma jeunesse,

L'avez plongée au sein d'une mer de malheurs ,

Où sans mourir je bois sans cesse

Le noir breuvage des douleurs ! ! !

Paris, 1830.

XX.

MA MÈRE.

Toi qui de mes beaux jours as vu briller l'aurore,

   Toi qui naguère encore ,

Sur mes jeux innocents , posas l'heureux bandeau

   Qui me cachait le tombeau !

Toi dont la voix si douce à mon ame attendrie

   Parlait si bien le langage du cœur ,

Toi , qui soufflas en moi ta généreuse ardeur ,

   Pourquoi m'es-tu ravie ?

Oh ! si ces vers que je jette au hasard

Pouvaient voler vers ton humble retraite ?

Si d'un curieux regard

Tu parcourais cette page muette

Eloquente à la fois,

Un jour que la douleur de sa plaintive voix

T'aurait peint mes tourments , mes larmes , ma tristes

N'est-ce pas que ton cœur en ce fortuné jour

Doucement agité par l'espoir du retour ,

Appellerait ce fils objet de sa tendresse !

. . . .

Peut-être en ce moment solitaire et rêveuse ,

Humblement prosternée aux pieds d'un saint autel

Dans ta prière généreuse ,

Invoques-tu pour moi le nom de l'Eternel !

Peut-être aussi , plaintive et désolée ,

Comme la fleur de la vallée

Qu'un soleil trop ardent voit mourir sous ses feux ,

Courbes-tu ton front soucieux !

Que ne sais-tu combien mon ame est fière

Au lointain souvenir de mes jours de bonheur,

Où posant sur mon front tes doux baisers de mère

    Et me pressant tendrement sur ton cœur

      Tu m'inondais de larmes.

    Que ne suis-je à cet âge heureux

Que le passé me montre aujourd'hui plein de charmes.

Hélas! que ne peut-on prévoir les maux affreux

Qui s'emparent de l'homme au sortir de l'enfance ?

❉

Si du moins, pour calmer mon amère souffrance,

Un être, à qui mon être eût pu se confier,

Me dit : « Je suis à toi, poète, tout entier ! »

Cet être eût-il été maudit de l'univers.

Eh bien ! j'aurais aimé jusques à ses revers !

Nous aurions confondu notre triste existence,

Entremêlé nos maux comme notre espérance :

Car il nous faut à tous un cœur où notre cœur

Puisse éternellement épancher sa douleur.

Nous sommes faits ainsi : cette loi de nature

Exerce son pouvoir sur toute créature,

Chacun sent en soi-même un besoin tout puissant

De trouver de son sort un digne confident ;

Chacun sent ce besoin et pourtant que de peine

Pour unir les anneaux de cette courte chaîne !

Moi, durant les longs jours de ma captivité,

Je n'ai rencontré rien, rien que méchanceté.

Mais il viendra peut-être un jour où le ciel même

Touché de mes sanglots, de ma douleur extrême,

Me dira : « Lève-toi, tes vœux sont exhaussés,

» Tu n'as plus qu'à pleurer sur tes malheurs passés.

Ce jour approche-t-il ? ô Seigneur, je l'ignore,

S'il me fallait pourtant souffrir long-temps encore,

Crois-tu que ta clémence à temps arriverait

Pour réparer les maux que son absence fait?

Aire, **1843**.

XXI

AU ROI.

Peut-être que l'envie écumant de colère,

Dira dans sa rage éphémère :

« Tu veux flatter des grands les vices odieux,

» Tu veux, en les couvrant de serviles hommages,

» Obtenir leurs suffrages ;

» Par un autre chemin tu veux monter comme eux,

» Insensé ! que fais-tu ? Pourquoi tenter la gloire

» En te courbant ainsi sous le faix du mépris ?

» Si tu le veux, parcours les pages de l'histoire,

» Tu verras de quel or on paya les écrits

» De l'homme adulateur !

» Ces grands, dont tu t'efforce à vanter la noblesse,

» Les talents, la grandeur,

» Connaissent comme toi leurs défauts, leur faiblesse,

» Et du plus froid dédain récompense l'auteur

» Dont la muse mercenaire

» S'avilit à chanter la gloire passagère ! »

De tant de lâchetés ma muse est vierge encor

Et mon luth n'a jamais retenti pour de l'or !

Que l'envie à son gré vomisse le blasphême

Quelle épuise sur moi tous les traits de sa haine,

Je braverais les coups devenus impuissants

Si mon prince daignait sourire à mes accents !

Ces héros courageux dont la mâle valeur

A cent fois triomphé dans les champs de l'honneur,

4

Ont-ils plus écarté d'effroyables tempêtes ?

Ont-ils plus amassé de palmes sur leurs têtes,

Que le législateur , et sage et généreux ,

Qui sur les maux du peuple a sans cesse les yeux ;

Et qui sans s'étonner des complots éphémères

Que traînent contre lui des haines mercenaires ,

S'en rit , ne connaissant pour vengeance et pour loi

Que la vertu qui fait la gloire d'un grand roi.

Roi , quel pouvoir immense est le tien ici-bas !

Oh ! combien dans ta bouche un mot a de puissance !

Combien , si tu voulais appesantir ton bras ,

Dans un jour seulement n'immolerais-tu pas

D'ennemis à ta vengeance ! ! !

. . . .

. . . .

. . . .

. . . .

Oh ! si ces faibles vers que je t'offre aujourd'hui

Pouvaient me mériter , monarque , ton appui ,

Si ce regard de feu qui fait aimer et craindre

Voulait avec bonté s'abaisser jusqu'à moi ,

      Fière d'un regard de roi

Ma muse noblement s'instruirait à le peindre.

Compiègne , 1841.

A UNE JEUNE DAME.

Dans vos rêves dorés, dites-moi, jeune femme,

N'avez-vous rien senti de ce que sent votre ame

Au souvenir touchant de ces jours de bonheur

Qui passent devant nous comme un parfum de fleur,

Alors que l'ange tutélaire

Qui veillait à vos premiers ans

Venait sourire aux doux accents

De votre naïve prière.

Des lieux où votre enfance aimait à s'égarer

De ce temple gothique où vous alliez prier,

Votre cœur n'a-t-il point gardé la souvenance,

Les pieux souvenirs effacent la souffrance.

N'est-ce pas, que des pleurs ont brillé dans vos yeux

Au ravissant tableau d'un père soucieux,

Qui sans cesse occupé du bonheur de sa fille,

Demande à Dieu, pour elle, un avenir tranquille,

D'une mère livrée au seul plaisir d'aimer,

D'une mère souvent trop prompte à s'alarmer...

Et qui sagement craint dans ses craintes de mère

Les dangers qu'elle-même a couru la première.

LES BAS BLEUS.

Satire.

Sexe aimable, pour qui toujours vibra ma lyre,

Ne crois pas que je veuille, oubliant mon délire,

De tes charmes divins méconnaître l'empire,

Je ne suis point volage à ce point, et jamais

Mon crayon innocent défigurant tes traits,

Les exposa flétris au vulgaire niais;

Mais, je veux seulement, ami de la décence,

Te dire librement ce qu'aujourd'hui je pense

De ces êtres qui n'ont de toi que l'apparence.

Notre siècle, est-il bien le siècle des talents?

Notre sol si fertile en esprits pénétrants

Les possède-t-il tous? Où dans la nuit des temps

Quelques penseurs d'en haut, soleils d'une autre gloire

Comme un vainqueur certain d'une immense victoire,

Altiers s'avancent-ils au temple de mémoire?

Si tels ils sont, que Dieu les mènent par la main

Dans les sentiers fleuris du lumineux chemin,

Qu'ils reçoivent le prix de leur talent divin,

Que nos futurs enfants plus sages que nos pères,

Leur dressent à l'envi des autels tributaires.

De mes souhaits ardents ce sont les plus sincères;

Mais, si comme en nos jours, de robes révétus,

Viennent ces écrivains à faciles vertus,

Aux écrits ennuyeux et souvent rebattus,

Qui n'ont d'autre talent que celui de déplaire,

D'autres inspirations qu'un orgueil téméraire,

Qu'ils aient pour les siffler la haine d'un Voltaire,

Et pour mieux étouffer leurs goûts présomptueux,

Que du fond des tombeaux les Gilbert furieux

Sortent, en leur jetant des vers injurieux !

Bien des gens en nos jours ont la noble démence,

Eux aussi, de vouloir enrichir la science

D'écrits, dont on ignore au juste l'importance :

Il n'est pas un village aussi petit qu'il soit,

Qui n'ait de ses esprits renommés à bon droit,

De ses profonds penseurs gros malins de l'endroit !..

Cette contagion, là, ne s'est pas bornée,

Chaque femme accusant sa dure destinée,

Se crut pour les travaux de la science née :

Depuis qu'elle a rêvé de devenir auteur,

Méprisant le métier qui lui fit son bonheur,

Adèle, pour servir, éprouve de l'horreur.

Si, ne sachant pas l'art d'amuser un parterre

Elle se voit forcée à changer de carrière ,

Croyez-vous que Fanny se fera couturière ?

Oh non ! lecteur, oh non ! ne la supposez pas

Capable de descendre aux vulgaires états ,

Une actrice peut-elle avoir des goûts si bas ?

Eh ! pour quitter la scène en est-on moins artiste ?

Fanny dans ses amis, a plus d'un journaliste :

Fanny sans place enfin , sera feuilletonniste.

Remontons-nous plus haut : dans nos premiers salons

Chaque dame se croit pour des vers avortons ,

Que par galanterie on feint de trouver bons ,

Un esprit digne en tout de nos premiers modèles ,

Et de là vient toujours que les dames , entr'elles ,

Traitent nos bons écrits de pures bagatelles.

Bravant du préjugé le ridicule affront ,

Il en est qui , de peur de se rider le front ,

Achètent aux auteurs des vers qu'encore ils font ,

Celles-ci, sachez-le, bien plus que les premières,

Des grands talents du jour imitent les manières,

Et veulent, à l'excès, paraître populaires :

Qui n'a pas vu Delphine, en habit de drap noir

Parmi la foule, assise au théâtre le soir,

Applaudir où siffler, selon son bon vouloir ?

Plus vaine que Delphine, et non moins équipée

Pour les armes, Cloris a l'amour d'un Pompée,

Et sait, comme un Renaud, manier une épée.

Enfin, craignant lecteur, de paraître ennuyeux

Par un trop long récit de leurs talents heureux,

Je m'arrête ; plus tard, j'espère sous tes yeux

A mon aise étaler leur vaste connaissance,

Sans qu'un mot de ta bouche en courroux ne s'élance

Pour me porter d'un trait ta vive impatience.

Aire, 1843.

FIN.